# 紅樓夢第三十七回

秋爽齋偶結海棠社　蘅蕪院夜擬菊花題

話說史湘雲回家後寶玉等仍不過在園中嬉遊吟咏不題且說賈政自元妃歸省之後居官更加勤慎以期仰答皇恩皇上見他人品端方風聲清肅雖非科第出身却是書香世代因特將他點了學差也無非是選拔眞才之意這賈政只得奉了旨擇于八月二十日起身是日拜別過宗祠及賈母便起身而去寶玉等如何送行以及賈政出差外面諸事不及細述單表寶玉自賈政起身之後每日在園中任意縱性遊蕩眞把光陰虛度歲月空添這日甚覺無聊便往賈母王夫人處來混了一混



仍舊進園來了剛換了衣裳只見翠墨進來手裡拿着一副花箋送與他看寶玉因道可是我忘了纔要瞧瞧三妹妹去你來的正好可好些了翠墨道姑娘好了今兒也不吃藥了不過是冷着一點兒寶玉聽說便展開花箋看時上面寫道

妹探謹啟

二兄文几前夕新霽月色如洗因惜清景難逢未忍就臥漏已三轉猶徘徊桐檻之下竟爲風露所欺致獲採薪之患昨蒙勞撫囑已復遣侍兒問切兼以鮮荔並眞卿墨蹟見賜抑何惠愛之深耶今因伏几處默忽思歷來古人處名攻利奪之場猶置些山滴水之區遠招近揖投轄攀轅

務結二三同志盤桓其中或豎詞壇或開吟社雖因一時之偶興每成千古之佳談 妹雖不才幸叨陪泉石之間兼慕薛林雅調風庭月榭惜未讌集詩人帘杏溪桃或可醉飛吟盞孰謂雄才蓮社獨許鬚眉不教雅會東山讓余脂粉耶若蒙造雪而來敢請掃花以俟謹啟

寶玉看了不覺喜的拍手笑道倒是三妹妹高雅我如今就去商議一面說一面就走翠墨跟在後面剛到了沁芳亭只有園中後門上值日的婆子手裡拿着一個字帖兒走來見了寶玉便迎上去口內說道芸哥兒請安在後門等着呢這是叫我送來的寶玉打開看時寫道

不肖男芸恭請

父親大人萬福金安男思自蒙

天恩認於 膝下日夜思一孝順竟無可孝順之處前因買辦花草上托 大人洪福竟認得許多花兒匠並認得許多名園前因忽見有白海棠一種不可多得故變盡方法只弄得兩盆 大人若視男是親男一般便留下賞玩因天氣暑熱恐園中姑娘們防碍不便故不敢面見謹奉書

恭啟並叩

台安男芸跪書一笑

寶玉看了笑問道他獨來了還有什麼人婆子道還有兩盆花

兒寶玉道你出去說我知道了難爲他想着你就把花兒送到我屋裡去就是了一面說一面同翠墨往秋爽齋來只見寶釵黛玉迎春惜春已都在那裡了衆人見他進來都大笑說又來了一個探春笑道我不算俗偶然起了個念頭寫了幾個帖兒試一試誰知一招皆到寶玉笑道可惜遲了早該起個社的黛玉說道此時還不算遲也沒什麼可惜但只你們只管起社可別算我我是不敢的迎春笑道你不敢誰還敢呢寶玉道這是一件正經大事大家鼓舞起來別你謙我讓的各有主意只管說出來大家評論寶姐姐也出個主意林妹妹也說句話兒寶釵道你忙什麼人還不全呢一語未了李紈也來了進門笑道



雅的狠哪要起詩社我自舉我掌壇前兒春天我原有這個意思的我想了一想我又不會做詩瞎鬧什麼因而也忘了就沒有說既是三妹妹高興我就幫着你作興起來黛玉道既然定要起詩社偺們就是詩翁了先把這些姐妹叔嫂的字樣改了纔不俗李紈道極是何不起個別號彼此稱呼倒雅我是定了稻香老農再無人占的探春笑道我就是秋爽居士罷寶玉道居士主人到底不雅又累贅這裡梧桐芭蕉儘有或指梧桐芭蕉起個倒好探春笑道有了我却愛這芭蕉就稱蕉下客罷衆人都道別緻有趣黛玉笑道你們快牽了他來燉了肉脯子來吃酒衆人不解黛玉笑道莊子說的蕉葉覆鹿他自稱蕉下客可不

是一隻鹿麼快做了鹿脯來衆人聽了都笑起來探春因笑道你又使巧話來罵人你別忙我已替你想了個極當的美號了又向衆人道當日娥皇女英洒淚竹上成斑故今斑竹又名湘妃竹如今他住的是瀟湘館他又愛哭將來他那竹子想來也是要變成斑竹的以後都叫他做瀟湘妃子就完了大家聽說都拍手叫妙黛玉低了頭也不言語李紈笑道我替薛大妹妹也早已想了個好的也只三個字衆人忙問是什麼李紈道我是封他爲蘅蕪君不知你們以爲如何探春道這個封號極好寶玉道我呢你們也替我想一個寶釵笑道你的號早有了無事忙三字恰當得很李紈道你還是你的舊號絳洞花主就是



了寶玉笑道小時候幹的營生還提他做什麼寶釵道還是我送你個號罷有最俗的一個號却於你最當天下難得的是富貴又難得的是閒散這兩樣再不能兼不想你兼有了就叫你富貴閒人也罷了寶玉笑道當不起當不起倒是隨你們混叫去罷黛玉道混叫如何使得你旣住怡紅院索性叫怡紅公子不好衆人道也好李紈道二姑娘四姑娘起個什麼迎春道我們又不大會詩白起個號做什麼探春道雖如此也起個纔是寶釵道他住的是紫菱洲就叫他菱洲四丫頭在藕香榭就叫他藕榭就完了李紈道就是這樣好但序齒我大你們都要依我的主意管教說了大家合意我們七個人起社我和二姑娘

四姑娘都不會做詩須得讓出我們三個人去我們三個人各分一件事探春笑道已有了號還只管這樣稱呼不如不有了以後錯了也要立個罰約纔好李紈道立定了社再定罰約我那裡地方兒大竟在我那裡作社我雖不能做詩這些詩人竟不厭俗客我做個東道主人我自然也清雅起來了還要推我做社長我一個社長自然不彀必要再請兩位副社長就請菱洲藕榭二位學究來一位出題限韻一位謄錄監場亦不可拘定了我們三個不做若遇見容易些的題目韻脚我們也隨便做一首你們四個却是要限定的是這麼着就起若不依我我也不敢附驥了迎春惜春本性懶於詩詞又有薛林在前聽了



這話深合已意二人皆說是極探春等也知此意見他二人悅服也不好相强只得依了因笑道這話罷了只是自想好笑好好兒的我起了個主意反叫你們三個管起我來了寶玉道既這樣咱們就往稻香村去李紈道都是你忙今日不過商議了等我再請寶釵道也要議定幾日一會纔好探春道若只管會多了又沒趣兒了一月之中只可兩三次寶釵說道一月只要兩次就彀了擬定日期風雨無阻除這兩日外倘有高興的他情願加一社或請到他那裡去或附就了來也使得豈不活潑有趣衆人都道這個主意更好探春道這原是我起的意我須得先做個東道方不負我這番高興李紈道既這樣說明日你

就先開一社不好嗎探春道明日不如今日就是此刻好你就出題菱洲限韻藕榭監場迎春道依我說也不必隨一人出題限韻竟是拈鬮兒公道李紈道方纔我來時看見他們抬進兩盆白海棠來倒狠好你們何不就咏起他來呢迎春道都還未賞先倒做詩寶釵道不過是白海棠又何必定要見了纔做古人的詩賦也不過都是寄興寓情要等見了做如今也沒這些詩了迎春道這麽着我就限韻了說着走到書架前抽出一本詩來隨手一揭這首詩竟是一首七言律遞與衆人看了都該做七言律迎春掩了詩又向一個小丫頭道你隨口說個字來那丫頭正倚門站着便說了個門字迎春笑道就是門字韻十三元了起頭一個韻定要門字說着又要了韻牌匣子過來抽出十三元一屜又命那丫頭隨手拿四塊那丫頭便拿了盆魂痕昏四塊來寶玉道這盆門兩個字不大好做呢侍書一樣預備下四分紙筆便都悄然各自思索起來獨黛玉或撫弄梧桐或看秋色或又和丫鬟們嘲笑迎春又命丫鬟點了一枝夢甜香原來這夢甜香只有三寸來長有燈草粗細以其易燼故以此為限如香燼未成便要受罰一時探春便先有了自已提筆寫出又改抹了一回遞與迎春因問寶釵蘅蕪君你可有了寶釵道有却有了只是不好寶玉背著手在迴廊上踱來踱去因向黛玉說道你聽他們都有了黛玉道你別管我寶玉又見寶

釵已謄寫出来因說道了不得香只剩下一寸了我纔有了四句又向黛玉道香要完了只管蹲在那潮地下做什麼黛玉也不理寶玉道我可顧不得你了管他好歹寫出来罷說着走到案前寫了李紈道我們要看詩了若看完了還不交卷是必罰的寶玉道稻香老農雖不善作却善看又最公道你的評閱我們是都服的衆人點頭於是先看探春的稿上寫道

咏白海棠

斜陽寒草帶重門苔翠盈鋪雨後盆玉是精神難比潔雪爲肌骨易銷魂芳心一點嬌無力倩影三更月有痕莫道縞仙能羽化多情伴我咏黃昏



大家看了稱賞一回又看寶釵的道

珍重芳姿晝掩門自攜手甕灌苔盆胭脂洗出秋階影氷雪招来露砌魂淡極始知花更艷愁多焉得玉無痕欲償白帝宜清潔不語婷婷日又昏

李紈笑道到底是蘅蕪君說着又看寶玉的道

秋容淺淡映重門七節攢成雪滿盆出浴太真氷作影捧心西子玉爲魂曉風不散愁千點宿雨還添淚一痕獨倚畫欄如有意清砧怨笛送黃昏

大家看了寶玉說探春的好李紈終要推寶釵這詩有身分因又催黛玉黛玉道你們都有了說着提筆一揮而就擲與衆人

李紈等看他寫的道

半捲湘簾半掩門　碾冰爲土玉爲盆

看了這句寶玉先喝起彩來說從何處想來又看下面道

偷來梨蕊三分白　借得梅花一縷魂

衆人看了也都不禁叫好說果然比別人又是一樣心腸又看下面道

月窟仙人縫縞袂　秋閨怨女拭啼痕　嬌羞默默同誰訴　倦倚西風夜已昏

衆人看了都道是這首爲上李紈道若論風流別致自是這首若論含蓄渾厚終讓蘅稿探春道這評的有理瀟湘妃子當居第二李紈道怡紅公子是壓尾你服不服寶玉道我的那首原不好這評的最公又笑道只是蘅瀟二首還要斟酌李紈道原是依我評論不與你們相干再有多說者必罰寶玉聽說只得罷了李紈道從此後我定于每月初二十六這兩日開社出題限韻都要依我這其間你們有高興的只管另擇日子補開那怕一個月每天都開社我也不管只是到了初二十六這兩日是必往我那裡去寶玉道到底要起個社名纔是探春道俗了又不好忒新了刁鑽古怪也不好可巧纔是海棠詩開端就叫個海棠詩社罷雖然俗些因真有此事也就不得了說畢大家又商議了一回略用些酒果方各自散去也有回家的也有往

賈母王夫人處去的當下無話且說襲人因見寶玉看了字帖兒便慌慌張張同翠墨去了也不知何事後來又見後門上婆子送了兩盆海棠花來襲人問那裡來的婆子們便將前番緣故說了襲人聽說便命他們擺好讓他們在下房裡坐了自己走到屋裡稱了六錢銀子封好又拿了三百錢走來都遞給那兩個婆子道這銀子賞那抬花兒的小子們這錢你們打酒喝罷那婆子們站起來眉開眼笑千恩萬謝的不肯受見襲人執意不收方領了襲人又道後門上外頭可有該班的小子們婆子忙應道天天有四個原預備裡頭差使的姑娘有什麼差使我們吩咐去襲人笑道我有什麼差使今兒寶二爺要打發人到小侯爺家給史大姑娘送東西去可巧你們來了順便出去叫後門上小子們僱輛車來回來你們就往這裡拿錢不用叫他們往前頭混碰去婆子答應着去了襲人回至房中拿碟子盛東西與湘雲送去却見槅子上碟子槽兒空着因回頭見晴雯秋紋麝月等都在一處做針黹襲人問道那個纏絲白瑪瑙碟子那裡去了眾人見問你看我我看你都想不起來半日晴雯笑道給三姑娘送荔枝去了還沒送來呢襲人道家常送東西的傢伙多着呢巴巴兒的拿這個晴雯道我也這麼說但只那碟子配上鮮荔枝纔好看我送去三姑娘也見了說好看連碟子放著就沒帶來你再瞧瞧槅子儘上頭的一對聯珠瓶還

没收來呢秋紋笑道提起這瓶來我又想起笑話兒來了我們寳二爺說聲孝心一動也孝敬到二十分那日見園裡桂花折了兩枝原是自已要插瓶的忽然想起來說這是自已園裡纔開的新鮮花兒不敢自已先頑巴巴兒的把那對瓶拿下來親自灌水插好了叫個人拿著親自送一瓶進老太太又進一瓶給太太誰知他孝心一動連跟的人都得了福了可巧那日是我拿去的老太太見了喜的無可不可見人就說到底是寳玉孝順我連一枝花兒也想的到别人還只抱怨我疼他你們知道老太太素日不大和我說話有些不入他老人家的眼那日竟叫人拿幾百錢給我說我可憐見兒的生的單弱這可是再想不到的福氣幾百錢是小事難得這個臉面及至到了太太



那裡太太正和二奶奶趙姨奶奶好些人翻箱子找太太當日年輕的顏色衣裳不知要給那一個一見了連衣裳也不找了且看花兒又有二奶奶在傍邊湊趣兒誇寳二爺又是怎麽孝順又是怎麽知好歹有的没的說了兩車話當着衆人太太臉上又增了光堵了衆人的嘴太太越發喜歡了現成的衣裳就賞了我兩件衣裳也是小事年年横竪也得却不像這個彩頭晴雯笑道呸好没見世面的小蹄子那是把好的給了人挑剩下的纔給你你還充有臉呢秋紋道憑他給誰剩的到底是太太的恩典晴雯道要是我我就不要若是給别人剩的給我也

罷了一樣這屋裡的人難道誰又比誰高貴些把好的給他剩的纔給我我寧可不要冲撞了太太我也不受這口氣秋紋忙問道給這屋裡誰的我因爲前日病了幾天家去了不知是給誰的好姐姐你告訴我知道晴雯道我告訴了你難道你這會子退還太太去不成秋紋笑道胡說我白聽了喜歡喜歡那怕給這屋裡的狗剩下的我只領太太的恩典也不管別的事衆人聽了都笑道罵的巧可不是給了那西洋花點子哈巴兒了襲人笑道你們這起爛了嘴的得空兒就拿我取笑打牙兒一個個不知怎麼死呢秋紋笑道原來姐姐得了我實在不知道我陪個不是罷襲人笑道少輕狂罷你們誰取了碟子來是正經麝月道那瓶也該得空兒收來了老太太屋裡還罷了太太



屋裡人多手雜別人還可已那個主兒的一夥子人見是這屋裡的東西又該使黑心弄壞了纔罷太太又不大管這些不如早收來是正經晴雯聽說便放下針線道這是等我取去呢秋紋道還是我取去罷你取你的碟子去晴雯道我偏取一遭兒是巧宗兒你們都得了難道不許我得一遭兒嗎麝月笑道統共秋丫頭得了一遭兒衣裳那裡今兒又巧你也遇見找衣裳不成晴雯冷笑道雖然碰不見衣裳或者太太看見我勤謹也把太太的公費裡一個月分出二兩銀子來給我也定不得說著又笑道你們別和我粧神弄鬼的什麼事我不知道一面說

一面往外跑了秋紋也同他出來自去探春那裡取了碟子來
襲人打點齊備東西叫過本處的一個老宋媽媽來向他說道
你去好生梳洗了換了出門的衣裳來回來打發你給史大姑
娘送東西去宋媽媽道姑娘只管交給我有話說與我我收拾
了就好一順去襲人聽說便端過兩個小攢絲盒子來先揭開
一個裡面裝的是紅菱雞頭兩樣鮮菓又揭開那個是一碟子
桂花糖蒸的新栗粉糕又說道這都是今年偺們這裡園裡新
結的菓子寶二爺送來給姑娘嚐嚐再前日姑娘說這瑪瑙碟
子好姑娘就留下頑罷這絹包兒裡頭是姑娘前日叫我做的
活計姑娘别嫌粗糙將就着用罷替二爺問好替我們請安就



是了宋媽媽道寶二爺不知還有什麼說的姑娘再問問去回
來别又說忘了襲人因問秋紋方纔可是在三姑娘那裡麼秋
紋道他們都在那裡商議起什麼詩社呢又是做詩想來沒話
你只管去罷宋媽媽聽了便拿了東西出去穿戴了襲人又囑
咐他你打後門去有小子和車等著呢宋媽媽去了不在話下
一時寶玉回來先忙着看了一回海棠至屋裡告訴襲人起詩
社的事襲人也把打發宋媽媽給史湘雲送東西去的話告訴
了寶玉寶玉聽了拍手道偏忘了他我只覺心裡有件事只是
想不起來虧你提起來正要請他去這詩社裡要少了他還有
個什麼意思襲人勸道什麼要緊不過頑意兒他比不得你們

自在家裡又作不得主兒告訴他他要來又由不得他要不來他又牽腸掛肚的沒的叫他不受用寶玉道不妨事我回老太太打發人接他去正說著宋媽媽已經回來道生受給襲人道乏又說問二爺做什麼呢我說和姑娘們起什麼詩社做詩呢史姑娘道他們做詩也不告訴他去急的了不得寶玉聽了轉身便往賈母處來立逼着叫人接去賈母因說今兒天晚了明日一早去寶玉只得罷了回來悶悶的次日一早便又往賈母處來催逼人接去直到午後湘雲纔來了寶玉方放了心見面時就把始末原由告訴他又要與他詩看李紈等因說道且別給他看先說給他韻脚他後來的先罰他和了詩要好就請入社要不好還要罰他一個東道兒再說湘雲笑道你們忘了請我我還要罰你們呢就拿韻來我雖不能只得勉強出醜容我入社掃地焚香我也情願衆人見他這般有趣越發喜歡都埋怨昨日怎麼忘了他呢遂忙告訴他詩韻湘雲一心興頭等不得推敲刪改一面只管和人說着話心內早已和成即用隨便的紙筆錄出先笑說道我卻依韻和了兩首好歹我都不知不過應命而已說着遞與衆人衆人道我們四首也算想絕了再一首也不能了你倒弄了兩首那裡有許多話說必要重了我們的一面說一面看時只見那兩首詩寫道

白海棠和韻

神仙昨日降都門種得藍田玉一盆自是霜娥偏愛冷非關倩女欲離魂秋陰捧出何方雪雨漬添來隔宿痕却喜詩人吟不倦肯令寂寞度朝昏

其二

蘅芷階通蘿薜門也宜牆角也宜盆花因喜潔難尋偶人爲悲秋易斷魂玉燭滴乾風裡淚晶簾隔破月中痕幽情欲向嫦娥訴無那虛廊月色昏

衆人看一句驚訝一句看到了讚到了都說這個不枉做了海棠詩真該要起海棠社了湘雲道明日先罰我個東道兒就讓我先邀一社可使得衆人道這更妙了因又將昨日的詩與他



評論了一回至晚寶釵將湘雲邀往蘅蕪苑去安歇湘雲燈下計議如何設東擬題寶釵聽他說了半日皆不妥當因向他說道既開社就要作東雖然是個頑意兒也要瞻前顧後又要自己便宜又要不得罪了人然後方大家有趣你家裡你又做不得主一個月統共那幾吊錢你還不彀使這會子又幹這沒要緊的事你嬸娘聽見了越發抱怨你了况且你就都拿出來做這個東也不彀難道爲這個家去要不成還是和這裡要呢一席話提醒了湘雲倒躊躇起來寶釵道這個我已經有個主意了我們當鋪裡有個夥計他們地裡出的好螃蟹前兒送了幾個來現在這裡的人從老太太起連上屋裡的人有多一半都

是愛吃螃蟹的前日姨娘還說要請老太太在園裡賞桂花吃螃蟹因為有事還沒有請你如今且把詩社別提起只普同一請等他們散了咱們有多少詩做不得的我和我哥哥說要他幾簍極肥極大的螃蟹來再往鋪子裡取上幾罈好酒來再備四五桌菓碟子豈不又省事又大家熱鬧呢湘雲聽了心中自是感服極讚想的週到寶釵又笑道我是一片真心為你的話你可別多心想着我小看了你咱們兩個就白好了你要不多心我就好叫他們辦去湘雲忙笑道好姐姐你這麼說倒不是真心待我了我憑怎麼糊塗連個好歹也不知還是個人嗎我要不把姐姐當親姐姐待上回那些家常煩難事我也不肯盡



情告訴你了寶釵聽說便喚一個婆子來出去和大爺說照前日的大螃蟹要幾簍來明日飯後請老太太姨娘賞桂花你說大爺好歹別忘了我今兒已經請下人了那婆子出去說明回來無話這裡寶釵又向湘雲道詩題也別過於新巧了你看古人中那裡有那些刁鑽古怪的題目和那極險的韵呢若題目過於新巧韻過於險再不得好詩倒小家子氣詩固然怕說熟話然也不可過於求生頭一件只要主意清新措詞就不俗了究竟這也算不得什麼還是紡績針黹是你我的本等一時閒了到是把那於身心有益的書看幾章却還是正經湘雲只答應着因笑道我心裡想着昨日做了海棠詩我如今要做個菊

花詩如何寶釵道菊花倒也合景只是前人太多了湘雲道我也是這麼想著恐怕落套寶釵想了一想說道有了如今以菊花為賓以人為主竟擬出幾個題目來都要兩個字一個虛字一個實字實字就用菊字虛字便用通用門的如此又是咏菊又是賦事前人雖有這麼做的還不很落套賦景咏物兩關着也倒新鮮大方湘雲笑道很好只是不知用什麼虛字纔好你先想一個我聽聽寶釵想了一想笑道菊夢就好湘雲笑道果然好我也有一個菊影可使得寶釵道也罷了只是也有人做過若題目多這個也搭的上我又有了一個湘雲道快說出來寶釵道問菊如何湘雲拍案叫妙因接說道我也有了訪菊好



不好寶釵也讚有趣因說道索性擬出十個來寫上再來說着二人研墨蘸筆湘雲便寫寶釵便念一時湊了十個湘雲看了一遍又笑道十個還不成幅索性湊成十二個就全了也和人家的字畫册頁一樣寶釵聽說又想了兩個一共湊成十二個說道既這麼着一發編出個次序來湘雲道更妙竟弄成個菊譜了寶釵道起首是憶菊憶之不得故訪第二是訪菊訪之既得便種第三是種菊種既盛開故相對而賞第四是對菊相對而興有餘故折來供瓶為玩第五是供菊既供而不吟亦覺菊無彩色第六便是咏菊既入詞章不可以不供筆墨第七便是畫菊既然畫菊若是默默無言究竟不知菊有何妙處不禁有

所問第八便是問菊菊若能解語使人狂喜不禁便越要親近他第九竟是簪菊如此人事雖盡猶有菊之可咏者菊影菊夢二首續在第十第十一末卷便以殘菊總收前題之感這便是三秋的妙景妙事都有了湘雲依言將題錄出又看了一回又問該限何韻寶釵道我平生最不喜限韻分明有好詩何苦爲韻所縛偺們别學那小家派只出題不拘韻原爲大家偶得了好句取樂並不爲以此難人湘雲道這話狠是旣這樣自然尤家的詩還進一層但只偺們五個人這十二個題目難道每人作十二首不成寶釵道那也太難人了將這題目謄好都要七言律詩明日貼在牆上他們看了誰能那一個就做那一個有



力量者十二首都做也可不能的作一首也可高才捷足者爲尊若十二首已全便不許他赶着又做罰他便完了湘雲道這也罷了二人商議妥貼方纔息燈安寢要知端底下回分解

紅樓夢第三十七回終

# 紅樓夢第三十八回

## 林瀟湘魁奪菊花詩　薛蘅蕪諷和螃蟹咏

話說寶釵湘雲計議已定一宿無話次日湘雲便請賈母等賞桂花賈母等都說道倒是他有興頭須要擾他這雅興至午果然賈母帶了王夫人鳳姐兼請薛姨媽等進園來賈母因問那一處好王夫人道憑老太太愛在那一處就在那一處鳳姐道藕香榭已經擺下了那山坡下兩顆桂花開的又好河裡的水又碧清坐在河當中亭子上不敞亮嗎看看水眼也清亮賈母聽了說狠好說着引了眾人往藕香榭來原來這藕香榭蓋在池中四面有窗左右有回廊也是跨水接峰後面又有曲折橋



眾人上了竹橋鳳姐忙上來攙着賈母口裡說道老祖宗只管邁大步走不相干這竹子橋規矩是咯吱咯吱的一時進入榭中只見欄杆外另放着兩張竹案一個上面設著杯筯酒具一個上頭設着茶筅茶具各色盞碟那邊有兩三個丫頭煽風爐煮茶這邊另有幾個丫頭也煽風爐燙酒呢賈母忙笑問這茶想的狠好且是地方東西都干淨湘雲笑道這是寶姐姐帮着我預備的賈母道我說那孩子細緻凡事想的妥當一面說一面又看見柱子上掛的黑漆嵌蚌的對子命湘雲念道

芙蓉影破歸蘭槳　菱藕香深瀉竹橋

賈母聽了又抬頭看匾因回頭向薛姨媽道我先小時家裡也

有這麼一個亭子叫做什麼枕霞閣我那時也只像他姊妹們這麼大年紀同着幾個人天天頑去誰知那日一下子失了脚掉下去幾乎沒淹死好容易救上來了到底叫那木釘把頭碰破了如今這鬢角上那指頭頂兒大的一個坑兒就是那碰破的衆人都怕經了水冒了風說了不得了誰知竟好了鳳姐不等人說先笑道那時要活不得如今這麼大福可叫誰享呢可知老祖宗從小兒福壽就不小神差鬼使碰出那個坑兒来好盛福壽啊壽星老兒頭上原是個坑兒因爲萬福萬壽盛滿了所以倒凸出些來了未及說完賈母和衆人都笑軟了賈母笑道這猴兒慣的了不得了拿着我也取起笑兒來了恨的我撕



你那油嘴鳳姐道回來吃螃蟹怕存住冷在心裡惱老祖宗笑笑兒就是高興多吃兩個也無妨了賈母笑道明日叫你黑家白日跟着我我倒常笑笑兒也不許你回屋裡去王夫人笑道老太太因爲喜歡他纔慣的他這樣還這麼說他明兒越發沒理了賈母笑道我倒喜歡他這麼着况且他又不是那真不知高低的孩子家常沒人娘兒們原該說說笑笑横竪大禮不錯就罷了沒的倒叫他們神鬼是的做什麼說着一齊進入亭子獻過茶鳳姐忙安放盃筯上面一桌賈母薛姨媽寶釵黛玉寶玉東邊一桌湘雲王夫人迎探惜西邊靠門一小桌李紈和鳳姐虛設坐位二人皆不敢坐只在賈母王夫人兩桌上伺候鳳

姐吩咐螃蟹不可多拿來仍舊放在蒸籠裡拿十個來吃了再拿一面又要水洗了手站在賈母跟前剝蟹肉頭次讓薛姨媽薛姨媽道我自己掰着吃香甜不用人讓鳳姐便奉與賈母二次的便與寶玉又說把酒燙得滾熱的拿來又命小丫頭們去取菊花葉兒桂花蕊燻的菉豆麪子預備着洗手湘雲陪着吃了一個便下坐來讓人又出至外頭命人盛兩盤子給趙姨娘送去又見鳳姐走來道你張羅不慣你吃你的去我先替你張羅等散了我再吃湘雲不肯又命人在那邊廊上擺了兩席讓鴛鴦琥珀彩霞彩雲平兒去坐鴛鴦因向鳳姐笑道二奶奶在這裡伺候我可吃去了鳳姐兒道你們只管去都交給我就是



了說着湘雲仍入了席鳳姐和李紈也胡亂應了個景兒鳳姐仍舊下來張羅一時出至廊上鴛鴦等正吃得高興見他來了鴛鴦等站起來道奶奶又出來做什麼讓我們也受用一會子鳳姐笑道鴛鴦丫頭越發壞了我替你當差倒不領情還抱怨我還不快斟一鍾酒來我喝呢鴛鴦笑着忙斟了一杯酒送至鳳姐唇邊鳳姐一挺脖子喝了琥珀彩霞二人也斟上一盃送至鳳姐唇邊那鳳姐也吃了平兒早剔了一殼黃子送來鳳姐道多倒些薑醋一面也吃了笑道你們坐着吃罷我可去了鴛鴦笑道好沒臉吃我們的東西鳳姐兒笑道你少和我作怪你知道你璉二爺愛上了你要和老太太討了你做小老婆呢鴛

鴦紅了臉咂著嘴點着頭道哎這也是做奶奶說出來的話我不拿腥手抹你一臉筭不得說著站起來就要抹鳳姐道好姐姐饒我這遭兒罷琥珀笑道鴛丫頭要去了平丫頭還饒他你們看看他沒吃兩個螃蟹倒喝了一碟子醋了平兒手裡正剝了個滿黃螃蟹聽如此奚落他便拿著螃蟹照琥珀臉上來抹口内笑駡我把你這嚼舌根的小蹄子兒琥珀也笑着往傍邊一躲平兒使空了往前一撞恰恰的抹在鳳姐腮上鳳姐正和鴛鴦嘲笑不防嚇了一跳噯喲了一聲衆人掌不住都哈哈的大笑起來鳳姐也禁不住笑駡道死娼婦吃離了眼了混抹你娘的平兒忙赶過來替他擦了親自去端水鴛鴦道阿彌陀佛



這纔是現報呢賈母那邊聽見一叠連聲問見了什麽了這麽樂告訴我們也笑笑鴛鴦等忙高聲笑回道二奶奶來搶螃蟹吃平兒惱了抹了他主子一臉螃蟹黃子主子奴才打架呢賈母和王夫人等聽了也笑起來賈母笑道你們看他可憐見兒的那小腿子臍子給他點子吃罷鴛鴦等笑著答應了高聲的說道這滿桌子的腿子二奶奶只管吃就是了鳳姐笑着洗了臉走來又伏侍賈母等吃了一回黛玉弱不敢多吃只吃了一點夾子肉就下來了賈母一時也不吃了大家都洗了手也有看花的也有弄水看魚的遊玩了一回王夫人因問賈母這裡風大纔又吃了螃蟹老太太還是回屋裡去歇歇罷若高興明

日再來逛逛賈母聽了笑道正是呢我怕你們高興我走了又怕掃了你們的興既這麽說偺們就都去罷回頭囑咐湘雲別讓你寶哥哥多吃了湘雲答應着又囑咐湘雲寶釵二人說你們兩個也別多吃了那東西雖好吃不是什麽好的吃多了肚子疼二人忙應着送出園外仍舊回來命將殘席收拾了另擺寶玉道也不用擺偺們且做詩把那大團圓桌子放在當中酒菜都放着也不必拘定坐位有愛吃的去吃大家散坐豈不便宜寶釵道這話極是湘雲道雖這麽說還有別人因又命另擺一桌揀了熱螃蟹來請襲人紫鵑司棋侍書入畫鶯兒翠墨等一處共坐山坡桂樹底下鋪下兩條花毯命支應的婆子並小



丫頭等也都坐了只管隨意吃喝等使喚再來湘雲便取了詩題用針綰在墻上衆人看了都說新奇只怕做不出來湘雲又把不限韻的緣故說了一番寶玉道這纔是正理我也最不喜限韻黛玉因不大吃酒又不吃螃蟹自命人搬了一個繡墩倚欄坐着拿著釣杆釣魚寶釵手裡拿着一枝桂花玩了一回俯在窗檻上掐了桂蕊扔在水面引的那遊魚浮上來唼喋湘雲出一回神又讓一回襲人等又招呼山坡下的衆人只管放量吃探春和李紈惜春正立在垂柳陰中看鷗鷺迎春又獨在花陰下拿着個針兒穿茉莉花寶玉又看了一回黛玉釣魚一回又俯在寶釵傍邊說笑兩句一回又看襲人等吃螃蟹自己也

陪他喝兩口酒襲人又剝一殼肉給他吃黛玉放下釣杆走至坐間拿起那烏梅銀花自斟壺來揀了一個小小的海棠凍石蕉葉杯丫頭看見知他要飲酒忙著走上來斟黛玉道你們只管吃去讓我自已斟纔有趣兒說着便斟了半盞看時却是黃酒因說道我吃了一點子螃蟹覺得心口微微的疼須得熱熱的吃口燒酒寶玉忙接道有燒酒便命將那合歡花浸的酒燙一壺來黛玉也只吃了一口便放下了寶釵也走過來另拿了一隻盃來也飲了一口放下便蘸筆至墻上把頭一個憶菊勾了底下又贅一個蘅字寶玉忙道好姐姐第二個我已有了四句了你讓我做罷寶釵笑道我好容易有了一首你就忙的這



樣黛玉也不說話接過筆來把第八個問菊勾了接着把第十一個菊夢也勾了也贅上了一個瀟字寶玉也拿起筆來將第二個訪菊也勾了也贅上一個怡字探春起來看著道竟沒人作簪菊讓我作又指著寶玉笑道纔宣過總不許帶出閨閣字樣來你可要留神說著只見湘雲走來將第四第五對菊供菊一連兩個都勾了也贅上一個湘字探春道你也該起個號湘雲笑道我們家裡如今雖有幾處軒館我又不住着借了来也没趣寶釵笑道方纔老太太說你們家裡也有一個水亭叫做枕霞閣難道不是你的如今雖没了你到底是舊主人衆人都道有理寶玉不待湘雲動手便代將湘字抹了改了一個霞字

沒有頓飯工夫十二題已全各自謄出來都交與迎春另拿了一張雪浪箋過來一併謄錄出來某人作的底下贅明某人的號李紈等從頭看道

憶菊　　蘅蕪君

悵望西風抱悶思蓼紅葦白斷腸時空籬舊圃秋無跡冷月清霜夢有知念念心隨歸雁遠寥寥坐聽晚砧遲誰憐我為黃花瘦慰語重陽會有期

訪菊　　怡紅公子

閒趁霜晴試一遊酒盃藥盞莫淹留霜前月下誰家種檻外籬邊何處秋蠟屐遠來情得得冷吟不盡興悠悠黃花



若解憐詩客休負今朝掛杖頭

種菊　　怡紅公子

攜鋤秋圃自移來籬畔庭前處處栽昨夜不期經雨活今朝猶喜帶霜開冷吟秋色詩千首醉酹寒香酒一杯泉溉泥封勤護惜好和井逕絕塵埃

對菊　　枕霞舊友

別圃移來貴比金一叢淺淡一叢深蕭疏籬畔科頭坐清冷香中抱膝吟數去更無君傲世看來惟有我知音秋光荏苒休孤負相對原宜惜寸陰

供菊　　枕霞舊友

彈琴酌酒喜堪儔几案婷婷點綴幽隔坐香分三徑露拋書人對一枝秋霜清紙帳來新夢圃冷斜陽憶舊遊傲世也因同氣味春風桃李未淹留

咏菊　瀟湘妃子

無賴詩魔昏曉侵遶籬欹石自沉音毫端蘊秀臨霜寫口角噙香對月吟滿紙自憐題素怨片言誰解訴秋心一從陶令評章後千古高風說到今

畫菊　蘅蕪君

詩餘戲筆不知狂豈是丹青費較量聚葉潑成千點墨攢花染出幾痕霜淡濃神會風前影跳脫秋生腕底香莫認



東籬閒採掇粘屏聊以慰重陽

問菊　瀟湘妃子

欲訊秋情衆莫知喃喃負手叩東籬孤標傲世偕誰隱一樣開花為底遲圃露庭霜何寂寞鴻歸蛩病可相思莫言舉世無談者解語何妨話片時

簪菊　蕉下客

瓶供籬栽日日忙折來休認鏡中粧長安公子因花癖彭澤先生是酒狂短鬢冷沾三徑露葛巾香染九秋霜高情不入時人眼拍手憑他笑路傍

菊影　枕霞舊友

秋光疊疊復重重潛度偷移三逕中窗隔疎燈描遠近籬篩破月鎖玲瓏寒芳留照魂應駐霜印傳神夢也空珍重暗香踏碎處憑誰醉眼認朦朧

菊夢　瀟湘妃子

籬畔秋酣一覺清和雲伴月不分明登仙非慕莊生蝶憶舊還尋陶令盟睡去依依隨雁斷驚迴故故惱蛩鳴醒時幽怨同誰訴衰草寒烟無限情

殘菊　蕉下客

露凝霜重漸傾欹宴賞纔過小雪時蒂有餘香金淡泊枝無全葉翠離披半床落月蛩聲切萬里寒雲雁陣遲明歲



秋分知再會暫時分手莫相思

衆人看一首讚一首彼此稱揚不絕李紈笑道等我從公評來通篇看來各人有各人的警句今日公評咏菊第一問菊第二菊夢第三題目新詩也新立意更新了只得要推瀟湘妃子爲魁了然後簪菊對菊供菊畫菊憶菊次之寶玉聽說喜的拍手叫道極是極公黛玉道我那個也不好到底傷於纖巧些李紈道巧的却好不露堆砌生硬黛玉道據我看來頭一句好的是圃冷斜陽憶舊遊這句背面傅粉抛書人對一枝秋已經妙絕將供菊說完没處再說故翻回來想到未折未供之先意思深遠李紈笑道固如此說你的口角噙香一句也敵得過了探春

又道到底要算蘅蕪君沉着秋無無跡夢有知把個憶字竟烘染出來了寶釵笑道你的短鬢冷沾葛巾香染也就把簪菊形容的一個縫兒也沒有湘雲笑道偕誰隱爲底遲真真把個菊花問的無言可對李紈笑道那麼着像科頭坐抱膝吟竟一時也捨不得離了菊花菊花有知倒還怕膩煩了呢說的大家都笑了寶玉笑道這塲我又落第了難道誰家種何處秋蠟屐遠來冷吟不盡那都不是訪不成昨夜雨今朝霜都不是種不成但恨敵不上口角噙香對月吟清冷香中抱膝吟短鬢葛巾金淡泊翠離披秋無迹夢有知這幾句罷了又道明日閑了我一個人做出十二首來李紈道你的也好只是不及這幾句新雅就



是了大家又評了一回復又要了熱螃蟹來就在大圓棹上吃了一回寶玉笑道今日持螯賞桂亦不可無詩我已吟成誰還敢作說着便忙洗了手提筆寫出衆人看道

持螯更喜桂陰涼潑醋擂薑興欲狂饕餮王孫應有酒橫行公子竟無腸臍間積冷饞忘忌指上沾腥洗尚香原爲世人美口腹坡仙曾笑一生忙

黛玉笑道這樣的詩一時要一百首也有寶玉笑道你這會子才力已盡不說不能作了還褒貶人家黛玉聽了也不答言略一仰首微吟提起筆來一揮已有了一首衆人看道

鐵甲長戈死未忘堆盤色相喜先嘗螯封嫩玉雙雙滿殼

凸紅脂塊塊香多肉更憐卿八足助情誰勸我千觴對茲
佳品酬佳節桂拂清風菊帶霜

寶玉看了正喝彩時黛玉便一把撕了命人燒去因笑道我做的不及你的我燒了罷你那個狠好比方纔的菊花詩還好你留着他給人看看寶釵笑道我也勉强了一首未必好寫出來取笑兒罷說著也寫出來大家看時寫道

桂靄桐陰坐舉觴長安涎口盼重陽眼前道路無經緯皮
裡春秋空黑黃

看到這裡衆人不禁叫絕寶玉道罵得痛快我的詩也該燒了看底下道




酒未滌腥還用菊性防積冷定須薑於今落釜成何益月
浦空餘禾黍香

衆人看畢都說道方是食蠏的絕唱這些小題目原要寓大意思纔算是大才只是諷刺世人太毒了些說着只見平兒復進園來不知做什麽且聽下回分解

紅樓夢第三十八回終

# 紅樓夢第三十九回

村老老是信口開河　情哥哥偏尋根究底

話說衆人見平兒來了都說你們奶奶做什麽呢怎麽不來了平兒笑道他那裡得空兒來因爲說沒得好生吃又不得來所以叫我來問還有沒有叫我再要幾個拿了家去吃罷湘雲道有多着呢忙命人拿盒子裝了十個極大的平兒道多拿幾個團臍的衆人又拉平兒坐平兒不肯李紈瞅着他笑道偏叫你坐因拉他身傍坐下端了一杯酒送到他嘴邊平兒忙喝了一口就要走李紈道偏不許你去顯見得你只有鳳丫頭就不聽我的話了說著又命嬷嬷們先送了盒子去就說我留下平兒



了那婆子一時拿了盒子回來說二奶奶說叫奶奶和姑娘們別笑話要嘴吃這個盒子裡方纔舅太太那裡送來的菱粉糕和鷄油捲兒給奶奶姑娘們吃的又向平兒道說了使喚你來你就貪住嘴不去了叫你少喝鍾兒罷平兒笑道多喝了又把我怎麽樣一面說一面只管喝又吃螃蟹李紈攬着他笑道可惜這麽個好體面模樣兒命却平常只落得屋裡使喚不知道的人誰不拿你當做奶奶太太看平兒一面和寶釵湘雲等吃喝着一面回頭笑道奶奶別這麽摸的我怪癢癢的李氏道噯喲這硬的是什麽平兒道是鑰匙李氏道有什麽要緊的東西怕人偷了去這麽帶在身上我成日家和人說有個唐僧取經

就有個白馬來馱著他劉智遠打天下就有個瓜精來送盔甲
有個鳳丫頭就有個你你就是你奶奶的一把總鑰匙還要這
鑰匙做什麼平兒笑道奶奶吃了酒又拿我来打趣着取笑兒
了寳釵笑道這倒是真話我們沒事評論起來你們這幾個都
是百個裡頭挑不出一個來的妙在各人有各人的好處李紈
道大小都有個天理比如老太太屋裡要沒鴛鴦姑娘如何使
得從太太起那一個敢駁老太太的回他現敢駁回偏老太太
只聽他一個人的話老太太的那些穿帶的別人不記得他都
記得要不是他經管着不知叫人誆騙了多少去呢况且他心
也公道雖然這樣倒常替人上好話兒還倒不倚勢欺人的惜



春笑道老太太昨日還說呢他比我們還強呢平兒道那原是
個好的我們那裡比得上他寳玉道太太屋裡的綵霞是個老
實人探春道可不是老實心裡可有數兒呢太太是那麼佛爺
是的事情上不留心他都知道凡一應事都是他提着太太行
連老爺在家出外去的一應大小事他都知道太太忘了他背
後告訴太太李紈道那也罷了指着寳玉道這一個小爺屋裡
要不是襲人你們度量到個什麼田地鳳丫頭就是個楚霸王
也得兩隻膀子好舉千斤鼎他不是這丫頭他就得這麼週到
了平兒道先時賠了四個丫頭來死的死去的去只剩下我一
個孤鬼兒了李紈道你倒是有造化的鳳丫頭也是有造化的

想當初你大爺在日何曾也沒兩個人你們看我還是那容不下人的天天只是他們不如意所以你大爺一沒了我趁着年輕都打發了要是有一個好的守的住我到底也有個膀臂了說着不覺眼圈兒紅了眾人都道這又何必傷心不如散了倒好說着便都洗了手大家約着往賈母王夫人處問安眾婆子丫頭打掃亭子收洗盃盤襲人便和平兒一同往前去襲人因讓平兒到屋裡坐坐再喝碗茶去平兒回說不喝茶了再來罷一面說一面便要出去襲人又叫住問道這個月的月錢連老太太太太屋裡還沒放是為什麼平兒見問忙轉身至襲人跟前又見無人悄悄說道你快別問橫豎再遲兩天就放了襲人



笑道這是為什麼唬的你這個樣兒平兒悄聲告訴他道這個月的月錢我們奶奶早已支了放給人使呢等別處利錢收了來湊齊了纔放呢因為是你我纔告訴你可不許告訴一個人去襲人笑道他難道還短錢使還沒個足厭何苦還操這心平兒笑道何曾不是呢他這幾年只拿著這一項銀子翻出有幾百來了他的公費月例又使不着十兩八兩零碎攢了又放出去单他這體已利錢一年不到上千的銀子呢襲人笑道拿着我們的錢你們主子奴才賺利錢哄的我們獃等着平兒道你又說沒良心的話你難道還少錢襲人道我雖不少只是我也沒處兒使去就只預備我們那一個平兒道你倘若有緊要事

用銀錢使時我那裡還有幾兩銀子你先拿來使明日我扣下你的就是了襲人道此時也用不着怕一時要用起來不彀了我打發人去取就是了平兒答應著一逕出了園門只見鳳姐那邊打發人來找平兒說奶奶有事等你平兒道有什麼事這麼要緊我叫大奶奶拉扯住說話兒我又沒逃了這麼連三接四的叫人來找那丫頭說道這又不是我的主意姑娘這話自己和奶奶說去平兒啐道好了你們越發上臉了說着走來只見鳳姐兒不在屋裡忽見上回來打抽豐的劉老老和板兒來了坐在那邊屋裡還有張材家的周瑞家的陪著又有兩三個丫頭在地下倒口袋裡的棗兒倭瓜並些野菜眾人見他進來



都忙站起來劉老老因上次來過知道平兒的身分忙跳下地來問姑娘好又說家裡都問好早要來請姑奶奶的安看姑娘來的因為庄家忙好容易今年多打了兩石糧食瓜果菜蔬也豐盛這是頭一起摘下來的並沒敢賣呢留的尖兒孝敬姑奶奶姑娘們嚐嚐姑娘們天天山珍海味的也吃膩了吃個野菜兒也筭我們的窮心平兒忙道多謝費心又讓坐自己坐了又讓張嬸子周大娘坐了命小丫頭子倒茶去周瑞張材兩家的因笑道姑娘今日臉上有些春色眼圈兒都紅了平兒笑道可不是我原不喝大奶奶和姑娘們只是拉著死灌不得已喝了兩鍾臉就紅了張材家的笑道我倒想着要喝呢又沒人讓我

明日再有人請姑娘可帶了我去罷說着大家都笑了周瑞家的道早起我就看見那螃蟹了一觔只好秤兩個三個這麽兩三大簍想是有七八十觔呢周瑞家的道要是上上下下只怕還不殼平兒道那裡都吃不過都是有名兒的吃兩個子那些散衆兒的也有摸着的也有摸不着的劉老老道這樣螃蟹今年就值五分一觔十觔五錢五五二兩五三五一十五再搭上酒菜一共倒有二十多兩銀子阿彌陀佛這一頓的銀子勾我們庄家人過一年了平兒因問想是見過奶奶了劉老老道見過了叫我們等着呢說着又往窗外看天氣說道天好早晚了我們也去罷別出不去城纔是飢荒呢周瑞家的道等着我替



你瞧瞧去說着一逕去了半日方來笑道可是老老的福來了竟投了這兩個人的緣了平兒等問怎麽樣周瑞家的笑道二奶奶在老太太跟前呢我原是悄悄的告訴二奶奶劉老老要家去呢怕晚了赶不出城去二奶奶說大遠的難爲他扛了些東西來晚了就住一夜明日再去這可不是投上二奶奶的緣了嗎這也罷了偏老太太又聽見了問劉老老是誰二奶奶就回明白了老太太又說我正想個積古的老人家說話兒請了來我見見這可不是想不到的投上緣了說着催劉老老下來前去劉老老道我這生像兒怎麽見得呢好嫂子你就說我去了罷平兒忙道你快去罷不相干的我們老太太最是惜老憐

貧的比不得那個狂三詐四的那些人想是你怯上我和周大娘送你去說着同周瑞家的帶了劉老老往賈母這邊來二門口該班的小厮們見了平兒出來都站起來有兩個又跑上來趕着平兒叫姑娘平兒問道又說什麽那小厮笑道這會子也好早晚了我媽病着等我去請大夫好姑娘我討半日假可使得平兒道你們倒好都商量定了一天一個告假又不回奶奶只和我胡纏前日住兒去了二爺偏叫他叫不着我應起來了還說我做了情了你今日又來了周瑞家的道當真的他媽病了姑娘也替他應着放了他罷平兒道明日一早來聽着我還要使你呢再睡的日頭晒着屁股再來你這一去帶個信兒給



旺兒就說奶奶的話問他那剩的利錢明日要還不交來奶奶不要了索性送他使罷那小厮歡天喜地答應去了平兒等來至賈母房中彼時大觀園中姊妹們都在賈母前承奉劉老老進去只見滿屋裡珠圍翠繞花枝招展的並不知都係何人只見一張榻上獨歪着一位老婆婆身後坐着一個紗羅裹的美人一般的個丫鬟在那裡搥腿鳳姐兒站着正說笑劉老老便知是賈母了忙上來陪着笑拜了幾拜口裡說請老壽星安賈母也忙欠身問好又命周瑞家的端過椅子來坐着那板兒仍是怯人不知問候賈母道老親家你今年多大年紀了劉老老忙起身答道我今年七十五了賈母向衆人道這麽大年紀了

還這麼硬朗比我大好幾歲呢我要到這個年紀還不知怎麼動不得呢劉老老笑道我們生來是受苦的人老太太生來是享福的我們要也這麼着那些庄家活也沒人做了賈母道眼睛牙齒還好劉老老道還都好就是今年左邊的糟牙活動了賈母道我老了都不中用了眼也花耳也聾記性也沒了你們這些老親戚我都不記得了親戚們來了我怕人笑話我都不會不過嚼的動的吃兩口睡一覺悶了時和這些孫子孫女兒頑笑會子就完了劉老老笑道這正是老太太的福了我們想這麼着不能賈母道什麼福不過是老廢物罷咧說的大家都笑了賈母又笑道我纔聽見鳳哥兒說你帶了好些瓜菜來我



叫他快收拾去了我正想個地裡現結的瓜兒菜兒吃外頭買的不像你們地裡的好吃劉老老笑道這是野意兒不過吃個新鮮依我們倒想魚肉吃只是吃不起賈母又道今日既認著了親别空空的就去不嫌我這裡就住一兩天再去我們也有個園子園子裡頭也有果子你明日也嚐嚐帶些家去也筭是看親戚一趟鳳姐兒見賈母喜歡也忙留道我們這裡雖不比你們的場院大空屋子還有兩間你住兩天把你們那裡的新聞故事兒說些給我們老太太聽聽賈母笑道鳳丫頭别拿他取笑兒他是屯裡人老實那裡擱的住你打趣說着又命人去先抓果子給板兒吃板兒見人多了又不敢吃賈母又命拿些

錢給他叫小么兒們帶他外頭頑去劉老老吃了茶便把些鄉村中所見所聞的事情說給賈母聽賈母越發得了趣味正說着鳳姐兒便命人請劉老老吃晚飯賈母又將自己的菜揀了幾樣命人送過去給劉老老吃鳳姐知道合了賈母的心吃了飯便又打發過來鴛鴦忙命老婆子帶了劉老老去洗了澡自己去挑了兩件隨常的衣裳叫給劉老老換上那劉老老那裡見過這般行事忙換了衣裳出來坐在賈母榻前又搜尋些話出來說彼時寶玉姐妹們也都在這裡坐着他們何曾聽見過這些話自覺比那些瞽目先生說的書還好聽那劉老老雖是個村野人却生來的有些見識况且年紀老了世情上經歷過的見頭一件賈母高興第二件這些哥兒姐兒都愛聽便沒話也編出些話來講因說道我們村庄上種地種菜每年每日春夏秋冬風裡雨裡那裡有個坐着的空兒天天都是在那地頭上做歇馬涼亭什麽奇奇怪怪的事不見呢就像舊年冬天接連下了幾天雪地下壓了三四尺深我那日起的早還沒出屋門只聽外頭柴草响我想着必定有人偷柴草來了我巴著窻戶眼兒一瞧不是我們村庄上的人賈母道必定是過路的客人們冷了見現成的柴火抽些烤火也是有的劉老老笑道也並不是客人所以說來奇怪老壽星打諒什麽人原來是一個十七八歲極標緻的個小姑娘兒梳著溜油兒光的頭穿着大

紅袄兒白綾子裙兒剛說到這裡忽聽外面人吵嚷起来又說不相干别唬着老太太賈母等聽了忙問怎麽了丫鬟囬說南院子馬棚裡走了水了不相干巳經救下去了賈母最膽小的聽了這話忙起身扶了人出至廊上来瞧時只見那東南角上火光猶亮賈母唬得口内念佛又忙命人去火神跟前燒香王夫人等也忙都過來請安囬說巳經救下去了老太太請進去罷賈母足足的看著火光熄了方領衆人進来寳玉且忙問劉老老那女孩兒大雪地裡做什麽抽柴火倘或凍出病来呢賈母道都是纔說抽柴火惹出事来了你還問呢别說這個了說别的罷寳玉聽說心内雖不樂也只得罷了劉老老便又想了



想說道我們庄子東邊庄上有個老奶奶子今年九十多歲了他天天吃齋念佛誰知就感動了觀音菩薩夜裡来托夢說你這麽虔心原本你該絕後的如今奏了玉皇給你個孫子原来這老奶奶只有一個兒子這兒子也只一個兒子好容易養到十七八歲上死了哭的什麽兒似的後起閒眞又養了一個今年纔十三四歲長得粉團兒似的聰明伶俐的了不得呢這些神佛是有的不是這一夕話暗合了賈母王夫人的心事連王夫人也都聽住了寳玉心中只惦記抽柴的事因悶的心中籌畫探春因問他昨日擾了史大妹妹偺們囘去商議着邀一社又還了席也請老太太賞菊何如寳玉笑道老太太說了還要

攏酒還史妹妹的席叫咱們做陪呢等吃了老太太的咱們再請不遲探春道越往前越冷了老太太未必高興寶玉道老太太又喜歡下雨下雪的咱們等下頭場雪請老太太賞雪不好嗎咱們雪下吟詩也更有趣了黛玉笑道咱們雪下吟詩依我說還不如弄一綑柴火雪下抽柴還更有趣兒呢說着寶釵等都笑了寶玉瞅了他一眼也不答話一時散了背地裡寶玉到底拉了劉老老細問那女孩兒是誰劉老老只得編了告訴他那原是我們庄子北沿兒地埂子上有個小祠堂兒供的不是神佛當先有個什麼老爺說着又想名姓寶玉道不拘什麼名姓也不必想了只說原故就是了劉老老道這老爺沒有兒子



只有一位小姐名子叫什麼若玉知書兒識字的老爺太太愛的像珍珠兒可惜了兒的這小姐兒長到十七歲了一病就病死了寶玉聽了跌足歎惜又問後来怎麼樣劉老老道因為老爺太太疼的心肝兒似的蓋了那祠堂塑了個像兒派了人燒香兒撥火的如今年深日久了人也没了廟也爛了那泥胎兒可就成了精咧寶玉忙道不是成精規矩這樣人是不死的劉老老道阿彌陀佛是這麼着嗎不是哥兒說我們還當他成了精了呢他時常變了人出來閑逛我纔說抽柴火的就是他了我們村庄上的人商量着還要拿榔頭砸他呢寶玉忙道快別如此要平了廟罪過不小劉老老道幸虧哥兒告訴我明日叫

去攔住他們就是了寶玉道我們老太太太太都是善人就是合家大小也都好善喜捨最愛修廟塑神的我明日做一個疏頭替你化些佈施你就做香頭攢了錢把這廟修葢再裝塑了泥像每月給你香火錢燒香好不好劉老老道若這樣時我托那小姐的福也有幾個錢使了寶玉又問他地名庄名來往遠近坐落何方劉老老便順口謅了出來寶玉信以為真回至房中盤算了一夜次日一早便出來給了焙茗幾百錢按着劉老老說的方向地名着焙茗去先踏看明白回來再作主意那焙茗去後寶玉左等也不來右等也不來急的熱地裡的蚰蜒是的好容易等到日落方見焙茗興興頭頭的回來了寶玉忙問



可找着了焙茗笑道爺聽的不明白叫我好找那地名坐落不像爺聽的一樣所以我找了一天找到東北角田埂子上纔有一個破廟寶玉聽說喜的眉開眼笑忙說道劉老老有年紀的人一時錯記了也是有的你且說你見的焙茗道那廟門却倒也朝南開也是稀破的我找的正沒好氣一見這個我說可好了連忙進去一看泥胎唬的我又跑出來了活像真的是的寶玉喜的笑道他能變化人了自然有些生氣焙茗拍手道那裡是什麼女孩兒竟是一位青臉紅髮的瘟神爺寶玉聽了啐了一口罵道真是個沒用的殺材這點子事也幹不來焙茗道爺又不知看了什麼書或者聽了誰的混賬話信真了把這件沒頭

腦的事泒我去磕頭怎麽說我没用呢寶玉見他急了忙撫慰他道你別急改日閑了你再找去要是他哄我們呢自然没了要竟是有的你豈不也積了陰隲呢我必重重的賞你説着只見二門上的小厮來說老太太屋裡的姑娘們站在二門口找二爺呢不知何事下回分解



紅樓夢第三十九回終